EMMANUEL DES ESSARTS

POÉSIES

PARISIENNES

DEUXIÈME ÉDITION

PARIS

E. DENTU, ÉDITEUR

LIBRAIRE DE LA SOCIÉTÉ DES GENS DE LETTRES

PALAIS-ROYAL, 13 ET 17, GALERIE D'ORLÉANS

ET LIBRAIRIE CENTRALE

24, BOULEVARD DES ITALIENS, 24

1862

POÉSIES PARISIENNES

5231 — Paris, imp. Jouaust père et fils.

EMMANUEL DES ESSARTS

POÉSIES

PARISIENNES

L'idéal des choses vivantes.
PHILOXÈNE BOYER.
Il y a une beauté et un héroïsme
modernes.
CHARLES BAUDELAIRE

DEUXIÈME ÉDITION

PARIS

E. DENTU, ÉDITEUR

LIBRAIRE DE LA SOCIÉTÉ DES GENS DE LETTRES

PALAIS-ROYAL, 13 ET 17, GALERIE D'ORLÉANS

ET LIBRAIRIE CENTRALE

24, BOULEVARD DES ITALIENS, 24

1862

[illegible]

LES

POÉSIES PARISIENNES

D'EMMANUEL DES ESSARTS

1862

POÉSIES PARISIENNES

I

Nous venions de gravir les roches de granit
Où Biarritz, comme l'aigle, a suspendu son nid.

L'ombre tombait déjà sur le haut promontoire;
Le Port-Vieux se perdait dans sa crevasse noire;
Et sur le sable fin de la plage des Fous
Le reflux se mourait dans un faible remous.
Les falaises à pic traçaient en lignes grises
Leurs festons dentelés, leurs crêtes indécises,
Tandis qu'à l'horizon, s'abaissant dans son vol,
Le soleil se couchait sur le golfe espagnol.
L'Atalaye était beau : géante sentinelle
Qui fait sur l'Océan une garde éternelle.
Les phares s'allumaient, les étoiles aussi,
Et la lune monta dans le ciel obscurci.
Les goëlands, trempant leurs ailes dans la brume,

Frôlaient le Grand-Rocher, toujours neigeux d'écume.
On voyait arriver comme des bataillons
Les vagues qui creusaient en marchant des sillons ;
On les voyait heurter l'une l'autre leur cime,
S'élancer vers la nue ou descendre à l'abîme,
Se livrant des combats sans cesse renaissants,
D'où jaillissaient soudain des feux phosphorescents ;
Cependant que d'Irun venait, dans la tourmente,
Cette brise de mer qui toujours se lamente.

II

Le jeune homme écoutait et regardait pensif
Les rocs, les grandes eaux, la nuit et l'étendue.
Il s'appuyait tremblant à l'angle d'un récif.

Il saluait tout bas dans son âme éperdue
Ces ténèbres du bord plus sombre qu'un vieil if,
Cette voix que jamais il n'avait entendue.

Il saluait cette onde à l'étrange soupir,
Cette fière Téthys qui semblait s'assoupir ;
Ces échos du granit heurté par mille vagues ;
Et cette âcre senteur des goëmons, des algues ;
Dans l'infini profond ces feux qui flamboyaient,
Et ces grands battements d'ailes qui tournoyaient.
Redoutable mystère, insondable merveille :
Quand la terre s'endort, c'est l'Océan qui veille !

Il frémit, il pleura ; sa main pressa ma main...
Nous restâmes ainsi jusques au lendemain.

III

Puis il dit tout à coup : « Je suis, je suis poëte !
» La Nature a parlé de sa plus haute voix.
» De ses concerts sans fin je serai l'interprète.

» Montagnes, Océan et vous aussi, grands bois,
» Œuvre de Dieu, brillante ainsi que Dieu l'a faite,
» Vous tous, clavier géant qui vibre sous mes doigts,

» Vous me transfigurez ! vous transformez mon âme !
» Je sens que pour jamais il vient de s'allumer
» Dans mon sein juvénile une puissante flamme,

» Qui me prend tout entier et doit me consumer.
» Soyez, soyez bénis par moi qui vous acclame.
» Oh ! dussé-je en mourir, laissez-moi vous aimer ! »

IV

Et moi je dis alors, me penchant, morne et triste,
Vers celui que brûlait la fièvre de l'artiste :

« Enfant, tu ne sais pas comme ils sont orageux,
» Les océans du monde et ce que sont leurs jeux ;
» Tu ne sais pas qu'il est, dans la haine des hommes,
» Un granit bien plus dur que les rocs où nous sommes.
» Tu franchirais plutôt ces rapides courants
» Que le flot des jaloux qui seront tes tyrans.

» Les vagues ont leurs jours de calme et d'indolence ;
» Mais le combat humain ne fait jamais silence ;
» Le souffle de titan qui monte jusqu'à nous,
» Près du bruit des babels est pacifique et doux. »

V

Mais il me répétait : « Je suis, je suis poëte ,
» Et des hymnes divins je serai l'interprète. »

VI

« Enfant, ne suis-je pas cependant le miroir
» Où pour toi l'avenir confus se laisse voir ?
» Ma peine était à moi : n'en prends pas le partage.
» C'est trop tôt réclamer un bien lourd héritage.
» L'héritage des pleurs. — O mon fils bien-aimé,
» Laisse-moi mon fardeau ; j'y suis accoutumé.
» Le doigt de l'injustice a sillonné ma vie,
» Tant mon brin de laurier a fait naître d'envie !
» Bientôt tu passerais, seul comme un exilé ;
» Car plus on devient grand, plus on est isolé ;
» Ton inspiration si jeune, si fervente,
» Dans les cœurs desséchés jetterait l'épouvante ;
» Et tu dérangerais par ton rhythme brûlant
» L'hypocrite raideur d'un siècle sans élan.
» Comme l'espoir des fruits périt sous la froidure,
» Pour le talent hâtif l'opinion est dure.
» Laisse donc tes seize ans s'épanouir en fleur,
» Et ne va pas toi-même y greffer la Douleur.

» Non, non, n'agite pas follement ta bannière ;
» Chante, mais dans ton cœur, ta chanson prin'anière.
» Garde l'Illusion, ce fragile trésor,
» Et cueille pour toi seul ta gerbe d'épis d'or. »

VII

Mais le jeune homme dit : « J'accepte la Souffrance.
» Les Esprits de l'abîme ordonnent : j'obéis.
» Ma gerbe d'épis d'or, ce sera l'Espérance.

» Puisque mon âme a vu par mes yeux éblouis
» Qu'aux plages de Biarritz expire mon enfance,
» Car la Muse était là... mon père, je la suis ! »

VIII

C'est ainsi qu'il lança sur l'océan du monde
Sa nacelle, jouet des colères de l'onde.
Hélas ! sur cette mer jamais le flot vermeil
Ne s'échauffe joyeux aux rayons du soleil,
Et jamais n'a passé sur l'insondable gouffre
Ce vent tiède, parfum et baume pour qui souffre.
Ils sont rares, les ports où l'on trouve un abri,
Et les Léviathans eux-mêmes ont péri.
Vers les havres riants d'une île fortunée,
Qui de nous librement conduit sa destinée ?
Combien ont pu doubler, comme un autre Gama,
Ce cap que si souvent l'ouragan nous ferma ?
Qui de nous, lyre en main, monta sur la trirème,

Où, la pourpre à l'épaule, au front le diadème,
Les naïades du rêve, ivres de volupté,
Laissent nonchalamment voguer leur royauté ?
Nous chantons, et voilà que sifflent les rafales ;
L'éclair seul met un nimbe à nos visages pâles ;
Et quand l'azur aurait embelli le matin,
Toujours gronde pour nous un tonnerre lointain.

IX

Tu ne m'écoutais pas, pressé d'ouvrir ton aile,
Te disant que la peur est chose paternelle,
Que ton printemps sonnait, et que le chant nouveau
Appartient au jeune homme aussi bien qu'à l'oiseau.
Pour la première fois, tu tentes le voyage,
Ardent navigateur, oublieux du naufrage,
Risquant avec audace et dès le même jour
Toute une cargaison de fraîcheur et d'amour.

Ah ! puisses-tu, partant à l'heure où l'on commence
A mesurer sa force, à s'essayer tout bas,
Ne pas t'apercevoir que la course est immense,
Et, pèlerin de l'Art, n'être point trop tôt las !

Si le vent du succès enfle d'abord ta voile,
Si tu parviens au but, triomphe sans orgueil.
Le jeune homme hardi me montre son étoile,
Et le père craintif lui désigne l'écueil.

ALFRED DES ESSARTS.

Février 1862.

PARIS, IMPRIMERIE DE DUBUISSON ET Cᵉ, RUE COQ-HÉRON, 5.

3942

POÉSIES PARISIENNES

5231 — Paris, imp. Jouaust père et fils.

EMMANUEL DES ESSARTS

POÉSIES

PARISIENNES

> L'idéal des choses vivantes.
> PHILOXÈNE BOYER.
>
> Il y a une beauté et un héroïsme modernes.
> CHARLES BEAUDELAIRE.

DEUXIÈME ÉDITION

PARIS

E. DENTU, ÉDITEUR

LIBRAIRE DE LA SOCIÉTÉ DES GENS DE LETTRES

PALAIS-ROYAL, 15 ET 17, GALERIE D'ORLÉANS

ET LIBRAIRIE CENTRALE

24, BOULEVARD DES ITALIENS, 24

1862

EN VENTE A LA MÊME LIBRAIRIE

1762 — Paris, imp. Jouaust père et fils, rue Saint-Honoré, 338.